Benito's Bizcochitos
Los bizcochitos de Benito

By / *Por* Ana Baca

Illustrations by
Ilustraciones por
Anthony Accardo

Spanish translation by
Traducción al español por
Julia Mercedes Castilla

PIÑATA BOOKS
Arte Público Press
HOUSTON, TEXAS
1999

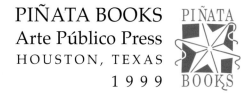

Publication of *Benito's Bizcochitos* is made possible through support from the Andrew W. Mellon Foundation and the National Endowment for the Arts. We are grateful for their support.

Esta edición de *Los bizcochitos de Benito* ha sido subvencionada por la Fundación Andrew W. Mellon y el Fondo Nacional para las Artes. Les agradecemos su apoyo.

Piñata Books are full of surprises!

Piñata Books
Arte Público Press
University of Houston
Houston, Texas 77204-2174

Cover design by James F. Brisson

Baca, Ana.
    Benito's bizcochitos / by Ana Baca ; illustrations by Anthony Accardo ; Spanish translation by Julia Mercedes Castilla = Los bizcochitos de Benito / por Ana Baca ; ilustraciones por Anthony Accardo ; traducción al español por Julia Mercedes Castilla.
       p.   cm.
    Summary: As they prepare to make the traditional Christmas cookies known as bizcochitos, Christina's grandmother tells her the story of how a magical butterfly first introduced these sweet treats to her great grandfather, a shepherd in the hills of New Mexico.
    ISBN 1-55885-264-6 (hardcover) / ISBN 1-55885-265-4 (pbk : alk. paper)
    1. Mexican Americans Juvenile fiction. [1. Mexican Americans Fiction. 2. Cookies — Fiction. 3. Christmas Fiction. 4. Spanish language materials — Bilingual.] I. Accardo, Anthony, ill. II. Castilla, Julia Mercedes. III. Title. IV. Title: Bizcochitos de Benito.
PZ73.B243 1999   99-24809
[E]—dc21   CIP

9 0 1 2 3 4 5 6 7 8   10 9 8 7 6 5 4 3 2 1

For Rebeca.
A. B.

For Vincent, Franco, and Maria, with love.
A. A.

•

Para Rebeca.
A. B.

Para Vincent, Franco y Maria, con amor.
A. A.

On the day before Christmas, Cristina woke as soon as the sun smiled on the new morning. Today, she and her grandmother would make bizcochitos, Christmas cookies that tasted like sweet licorice.

As Cristina ate breakfast, she played with the tin cookie cutters spread out on the table. Stars and stockings, bells and angels, Christmas trees and Santa Clauses clinked across the table as Cristina shuffled them around and around.

When her grandmother stepped into the kitchen, Cristina said, "I'm all ready to bake, Abuela. Look, Mama even got the cookie cutters ready for us."

Cristina's grandmother chuckled. *"M'ijita,* we won't be needing any cookie cutters."

El día de Nochebuena Cristina se despertó antes de que el sol le sonriera a una nueva mañana. Hoy, ella y su abuela harían bizcochitos, galletas de Navidad que saben a dulce de anís.

Mientras Cristina se desayunaba, jugaba con los moldes de lata para cortar galletas que estaban sobre la mesa. Estrellas y calcetines, campanas y ángeles, árboles de Navidad y Santa Closes tintineaban a lo largo de la mesa mientras Cristina los barajaba de aquí para allá.

Cuando la abuela entró a la cocina, Cristina dijo: —Estoy lista para hornear, Abuela. Mira, Mamá nos sacó los moldes para las galletas.

La abuela de Cristina ahogó una risita. —M'ijita, no necesitaremos ningún molde de galletas.

"Why not, Abuela? How else are we going to make the shapes?"

Cristina's grandmother winked. "Today, I'm going to show you how to make the *true* bizcochito. I will tell you a story my *papá* told me long, long ago. But first, we have a little work to do."

Pulling a wooden chair behind her, Cristina followed her grandmother to the counter. She did as her grandmother told her, mixing shortening and sugar, eggs and honey. Her grandmother sifted flour, salt, and baking powder together and added them to Cristina's mixture. The aroma of licorice escaped from the jar of anise as Cristina's grandmother spooned out the seeds. Finally, she poured in sweet liquid, worked the dough in her hands, and put it in the refrigerator to chill.

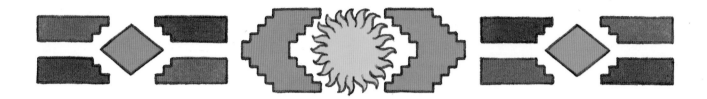

—¿Por qué no, Abuela? ¿De qué otra manera vamos a darles forma?

La abuela de Cristina guiñó el ojo. —Hoy te voy a enseñar cómo hacer bizcochitos de verdad. Te voy a contar una historia que mi papá me contó hace mucho tiempo. Pero primero tenemos que trabajar un poco.

Arrastrando una silla detrás de ella, Cristina siguió a su abuela hasta la mesa de la cocina. Hizo lo que la abuela le dijo, mezcló manteca y azúcar, huevos y miel de abejas. La abuela cernía la harina, la sal y el polvo de hornear, revolviendo todo junto, y se lo agregó a la mezcla de Cristina. El aroma de anís dulce se escapaba del frasco mientras la abuela de Cristina sacaba las semillas con una cuchara. Finalmente le virtió el líquido dulce, trabajó la masa entre las manos y la puso en el refrigerador para que se enfriara.

Soon Cristina and her grandmother sat down at the kitchen table to roll out the chilled dough. Cristina's grandmother slipped a black-and-white photograph, wrinkled with time, from her apron pocket.

"Look, *'jita.* Do you know who this is?"

Cristina shook her head.

"This man was my father, your great-grandfather. He was a shepherd. A shepherd cares for a flock of sheep. Your great-grandfather Benito never expected to be a shepherd, Cristina, but one day he ran away from his *mamá* and *papá.* This is his story."

Luego Cristina y su abuela se sentaron y amasaron la masa fría en la mesa de la cocina. La abuela de Cristina sacó del bolsillo del delantal una fotografía en blanco y negro, arrugada por el tiempo.

—Mira, hijita. ¿Sabes quién es éste?

Cristina meneó la cabeza.

—Este hombre era mi padre, tu bisabuelo. Él era un pastor. Un pastor cuida un rebaño de ovejas. Tu bisabuelo Benito nunca pensó llegar a ser pastor, pero un día dejó a su mamá y a su papá. La historia es así.

Benito's *mamá* and *papá* were poor, but they owned a little farm with chickens and one Jersey cow. Benito had to get up early every morning to do many chores.

One winter day, just like always, he woke to a *cockledoodledoo.* The sun winked at him when he stepped out into the morning air. But even though it was only a few days until Christmas, Benito frowned. "I'm tired," he said.

He tossed a handful of grain to the ground and watched the hens peck. Benito stuck his tongue out. "You eat too much," he told them. Gathering their eggs was Benito's job, too. He gathered so many at once that his hands were too full. Two eggs dropped to the ground and cracked. Benito glared at the hens. "You lay too many eggs," he said.

Benito's next job was milking the cow. He sat on a stool beside Pía and began squeezing her milk into a tin pail. Suddenly, Pía kicked. All the milk splashed onto the ground. "I hate you, Pía! I hate getting up early and I hate chores! I hate *farms!*" Benito yelled.

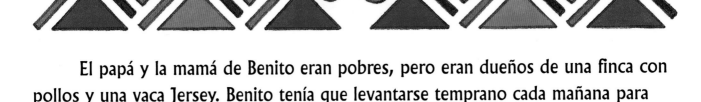

El papá y la mamá de Benito eran pobres, pero eran dueños de una finca con pollos y una vaca Jersey. Benito tenía que levantarse temprano cada mañana para dedicarse a muchas faenas en la finca.

Unos días antes de Navidad, Benito se despertó con el quiquiriquí. El sol le guiñó el ojo cuando salió al fresco de la mañana. Pero ese día Benito le frunció el ceño al sol. —Estoy cansado.

Tiró una manotada de grano al suelo y miró las gallinas picotear. Benito les sacó la lengua. —Ustedes comen demasiado —les dijo. Mientras recogía los huevos, Benito las miró con ira. —Ponen demasiados huevos —dijo.

La siguiente faena de Benito era ordeñar la vaca. Se sentó junto a Pía y empezó a exprimir leche en una cubeta de lata. De repente Pía dio una patada. Toda la leche se derramó en el suelo. —¡Te odio, Pía! ¡Odio levantarme temprano y odio las faenas! ¡Más que todo odio las fincas! —gritó Benito.

Benito ran out of the barn and *kept* running. "I don't want to be a farmer like Papá," he hollered. "I want to do something different, far, far away."

Before he knew it, it was afternoon, and Benito was far from home. Dry brown fields turned into rolling hills covered with snow. Pigs and cows became jumping jackrabbits. There were wild creatures all around him, but he wasn't scared. He was ready for adventure!

Benito started to run with the jackrabbits, but they were so fast that his legs got tired. He was thirsty, too. He scooped up a handful of snow from the ground and stuffed it into his mouth. Mmm, it was good!

Benito salió corriendo del establo y continuó corriendo. —¡No quiero ser un granjero como Papá! —gritó. —Quiero hacer algo diferente, lejos, muy lejos de aquí.

Antes de que se diera cuenta, había llegado la tarde, y Benito estaba lejos de su casa. Los potreros secos y oscuros se habían convertido en colinas cubiertas de nieve. Los cerdos y las vacas se habían convertido en liebres saltonas. Criaturas salvajes se amontonaban a su alrededor, pero él no estaba asustado. ¡Estaba listo para la aventura!

Benito empezó a correr con las liebres, pero éstas eran tan rápidas que las piernas de Benito se le cansaron. También tenía sed. Cogió una manotada de nieve del suelo y se llenó la boca de ésta. Mmm, estaba sabrosa.

Benito saw a big rock and thought it would be a good place to rest. He brushed the dirty snow off it and suddenly the rock moved. Benito jumped back. The rock grew legs and a head. And then it made a sound! "Baaah!" It was a big, woolly sheep.

"What are *you* doing here?" Benito asked.

The frightened animal looked up at Benito with sad eyes. Suddenly, scraggly coyotes began to appear out of nowhere. Their brown eyes turned red and they began licking their chops.

Benito hugged the lost sheep, and the lost sheep hugged Benito. The coyotes began to move closer.

Benito vio una roca grande y pensó que sería un buen lugar para descansar. Le sacudió la nieve sucia de encima y de pronto la roca se movió. Benito dio un salto atrás. Brazos y cabeza aparecieron en la roca. Y luego emitió un sonido. —¡Baaa!— Era una oveja grande y lanosa.

—¿Qué hace aquí? —preguntó Benito.

El asustado animal miró a Benito con ojos tristes. De pronto, unos coyotes enflaquecidos, relamiéndose, empezaron a aparecer, como salidos de la nada. Sus ojos oscuros se enrojecieron.

Benito abrazó a la oveja perdida, y la oveja perdida abrazó a Benito. Los coyotes empezaron a acercarse.

All at once Benito heard a *snap* as loud as thunder. A skinny, white-bearded old man ran across the pasture. He held a blanket the color of rainbows, and it flapped loudly behind him in the wind. A flock of sheep followed him. The coyotes darted away, their tails tucked between their legs.

"Whew! This hill's too steep after fifty years of herding," the old man said. "I've been looking all over for that sheep. Thank you, son."

Benito smiled.

"Hey, how about earning some coins? If you'll watch my herd for a few days, I'll give you all these." The man took a handful of coins from his jacket.

Benito had never seen so much money. He imagined his *mamá's* smiling face when he gave her the coins. Then he remembered the coyotes and their red eyes.

"Don't worry," the old man said. "I'll give you my blanket. It will keep you toasty warm. Best of all, it'll keep big critters like coyotes away. There's magic in these colors."

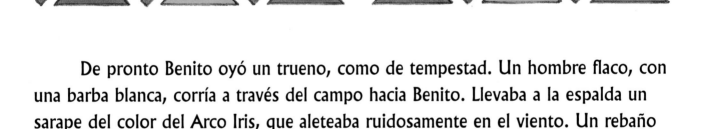

De pronto Benito oyó un trueno, como de tempestad. Un hombre flaco, con una barba blanca, corría a través del campo hacia Benito. Llevaba a la espalda un sarape del color del Arco Iris, que aleteaba ruidosamente en el viento. Un rebaño de ovejas lo seguía. Los coyotes se fueron con la cola entre las piernas.

—¡Vaya! He estado buscando esa oveja por todas partes. Gracias, hijo.

Benito se sonrió.

—¡Oye! ¿Te gustaría ganar un dinero? Si cuidas las ovejas por unos días, te doy todo esto. El hombre le mostró un puñado de monedas.

Benito nunca había visto tanto dinero. Pensó en lo orgullosa que su mamá se pondría. Pero luego se acordó de los ojos rojos de los coyotes.

—No te preocupes —dijo el hombre. —Te doy mi sarape. Te mantendrá caliente y cómodo y lo mejor de todo, mantendrá alejados a animales grandes como los coyotes. Hay magia en estos colores.

"Okay," Benito said in a tiny voice. "I will take good care of your sheep."

"Well, then, it's settled!" He clapped his hands. "But don't forget to take care of this blanket, same as my sheep." He wrapped Benito's shoulders in the blanket. The man gave Benito a bag of supplies, with food and a bedroll. When he left, Benito stood alone among the animals.

The sheep fed in the fields all day long. As they munched grass that poked up from the snow, Benito watched them. He talked to them, too. And Benito held the blanket like a baby.

Everything was fine until a few days later, when a playful jackrabbit jumped in front of Benito. Ready for fun, Benito dropped everything and romped into the snow after the rabbit. He forgot all about the sheep, his bag, and the blanket.

—Está bien —Benito dijo en una vocecita. —Le cuidaré muy bien sus ovejas.

El hombre palmoteó. —¡Ya está hecho! Pero no se te olvide que tienes que cuidar este sarape con mucho cariño, lo mismo que a las ovejas —. Cubrió los hombros de Benito con la manta y le dio una bolsa llena de provisiones.

Cuando el hombre se había ido, Benito se quedó solo, parado entre las ovejas. Finalmente las llevó a pacer al potrero. Comieron el pasto que salía por entre la nieve. Él las observaba, les hablaba y sostenía el sarape entre los brazos como a un bebé.

Todo iba muy bien hasta que unos días más tarde una liebre juguetona saltó frente a Benito. Listo a jugar, Benito se puso a retozar en la nieve con la liebre. Se le olvidaron por completo las ovejas y el sarape mágico.

The wind began to blow harder and harder. Benito could not see through the falling snow. He could no longer see the jackrabbit. He could not see his sheep, either. He whistled, but there was no answering "Baaah!" He tried to walk back, but the snow grew deeper and deeper.

Benito's hair turned white. His feet burned and his fingers became stiff. He was hungry and alone and suddenly very sleepy. Benito curled up on top of a snowdrift and closed his eyes. He thought, "I wish I had that blanket."

A loud *snap* startled Benito awake. Through the snowflakes, a rainbow floated toward him. Amazed, he watched until the rainbow landed on his hand. It was a butterfly, the color of rainbows, that fluttered its shimmering wings. Waving, the butterfly beckoned to Benito.

De pronto el viento sopló una tormenta. Benito no podía ver por entre la nieve que caía. No veía la liebre ni las ovejas. Silbó pero no hubo un *Baaa* de respuesta. Trató de moverse por entre la nieve, pero estaba muy profunda.

El cabello de Benito se volvió blanco de nieve. Las manos y los pies le dolían de frío. Tenía hambre, estaba solo y sentía mucho sueño. Benito se dejó caer sobre un montón de nieve y cerró los ojos. Pensó: —Ojalá tuviera el sarape.

Un ruido estridente despertó a Benito. Por entre los copos de nieve un Arco Iris flotó hacia él. Maravillado, observó el Arco Iris hasta que aterrizó sobre su mano. Lo que parecía ser el sarape era en realidad una mariposa multicolor, aleteando sus alas brillantes. Saludando, la mariposa llamó a Benito.

Benito rose to his feet. The butterfly's wings tickled against his palm, and he laughed. As he rose up, the air became warmer and the sun smiled through the clouds. Flowers shot up from the frozen ground. The butterfly waved its wings, beckoning. From the hilltop, Benito saw his parents' farm, bathed in sunlight.

What do you remember about the farm, Benito? the butterfly asked.

"There aren't any coyotes!" Benito replied.

Yes, but what else?

"It's never cold because Papá chops lots of wood for the fire. And we have lots of good things to eat in the winter, because Mamá dries meat and makes apple jelly . . . And in the spring, there are sunflowers! And little yellow chicks at Easter time!"

Benito se puso de pie. Sintió el cosquilleo de las alas de la mariposa contra la palma de su mano y sintió deseos de reírse. Mientras se paraba, Benito sintió el aire tibio, y el sol le sonreía por entre las nubes. Las flores salieron de entre la tierra congelada. La mariposa agitaba las alas y señalaba. Benito vio su casa bañada por la luz del sol.

¿Qué recuerdas de la finca, Benito? la mariposa parecía preguntarle.

—No hay coyotes —Benito contestó.

Sí, pero ¿qué más?

—Nunca hace frío porque papá corta mucha leña para el fuego, y tenemos muchas cosas buenas para comer en el invierno porque mamá seca carne y hace conservas de manzana. ¡Y en la primavera florecen los girasoles, y hay polluelos durante la Pascua!

See, Benito, the butterfly whispered. *You're safe and warm now.* The snow had stopped, and the butterfly now floated above him. In Benito's palm, where the butterfly had been, was a small piece of sweet bread. *You'll need this for your journey.*

Benito looked at the bread. "No. For you," he said. He held his hand out. The butterfly smiled. Suddenly, it floated down and lit upon the bread. It spread its wings, and then it disappeared with a *snap.* In its place, the rainbow-colored blanket hung from Benito's arm.

Benito hugged the blanket tightly to his chest. Underneath, in his hand, he found the piece of sweet bread. The butterfly was etched into its surface.

Benito pulled a loose woolen thread from the blanket. With his knife, he poked a hole into the bread and ran the thread through it. He made a loop and tied a knot in the thread. Then Benito hung the sweet butterfly around his neck. He let it rest over his heart.

Mira, Benito, la mariposa susurró. *Estás cómodo y a salvo ahora.* Había dejado de nevar y la mariposa flotaba sobre él. En la palma de la mano de Benito, donde se había aposentado la mariposa, había un pedazo de pan dulce. *Necesitas esto para tu viaje.*

Benito miró el pan. —No, para ti —dijo. Extendió la mano. La mariposa se sonrió, bajó aleteando y aterrizó suavemente sobre el pan. Extendió las alas y luego desapareció con un chasquido. En su lugar colgaba del brazo de Benito el sarape multicolor.

Benito abrazó la manta fuertemente. Debajo, en la mano, tenía todavía el pedazo de pan dulce. La mariposa estaba grabada en la superficie de éste.

Benito jaló del sarape una hebra de lana suelta. Con la navaja hizo un agujero en el pan y pasó la hebra a través de éste. Luego Benito se colgó el pan dulce alrededor del cuello. Dejó que la mariposa dulce descansara sobre su corazón.

After that day, Benito took good care of the sheep until the old man came back. "My sheep are all fat and woolly and safer than birds in a cage," he said. The man handed Benito a pouch of coins. "For a superb job, son. Would you like to keep on herding sheep for me? We could make a pretty good team."

"Thank you, sir, but for now I have to get back to Mamá and Papá. They need me."

"Right you are, son. Right you are."

Benito shook hands with the man. He whistled goodbye to all the sheep and they bid farewell with a loud "Baaah!" As Benito walked in the direction of home, he heard the *snap* of the man's rainbow-colored blanket.

Después de ese día, Benito cuidó las ovejas hasta que el viejo volvió. —Mis ovejas están tan gordas como unos cerdos, y más seguras que en jaulas de pájaros —dijo. El hombre le entregó a Benito una bolsa pequeña de monedas. —Por un trabajo bien hecho, hijo. ¿Estás seguro que no quieres pastorear ovejas? Tú y yo haríamos un buen equipo.

—Gracias, señor, pero por ahora tengo que volver donde mamá y papá. Ellos me necesitan.

—Tienes razón, hijo. Tienes razón.

Benito le dio la mano al hombre. Se despidió de las ovejas con un silbido y ellas lo despidieron con un estrepitoso *¡Baaa!* Cuando Benito iba camino a casa oyó el estruendo del sarape multicolor del hombre.

Cristina's grandmother hand-molded the last bizcochito and handed it to Cristina, who dipped it into the cinnamon sugar mixture. "One Christmas Eve when I was a little girl, my *papá* taught me how to make bizcochitos. That's when he showed me the shape of the butterfly and told me that story."

Cristina ran her finger along the butterfly's outline. She touched her finger to her lips and smiled, tasting the sweetness.

"See, *m'ijita,* now you know why we don't need cookie cutters."

Cristina's grandmother took the baking sheet full of bizcochitos from the oven. Sitting at the kitchen table, they sipped hot cocoa and ate bizcochitos while the room darkened with the oncoming night. As Cristina listened to her grandmother tell yet another story, the room filled with warmth and light. The butterflies were all around.

La abuela de Cristina hizo el último bizcochito y se lo entregó a Cristina, quien lo sumergió en la mezcla de azúcar y canela. —Una Nochebuena, cuando yo era una niña pequeña, mi papá me enseñó a hacer bizcochitos. Fue entonces cuando me mostró el molde de la mariposa y me contó esa historia.

Cristina pasó el dedo sobre la forma de la mariposa. Se tocó los labios con el dedo y se sonrió, saboreando la dulzura.

—Mira, m'ijita, ahora ya sabes por qué no necesitamos moldes de galletas.

La abuela de Cristina sacó los bizcochitos del horno. Sentadas a la mesa en la cocina, tomaron chocolate y comieron bizcochitos mientras el cuarto se oscurecía con la llegada de la noche. Entre tanto Cristina escuchaba a su abuela contar otro cuento, el cuarto se llenaba de luz y calor. Las mariposas estaban por todos lados.

You can learn to make bizcochitos, too. Perhaps you have someone (like Cristina has her grandmother) to show you the way.

Benito's Bizcochitos

1 cup shortening	3 cups flour
½ cup sugar	1 ¼ tsp. baking powder
1 ½ tsp. aniseed	½ tsp. salt
1 egg, beaten	½ cup water
1 tbsp. honey	1 ½ tsp. cinnamon mixed with 3/8 cup sugar

1. In a big bowl, cream shortening. Mix in sugar and aniseed.

2. Stir in beaten egg and honey.

3. In another bowl, sift flour, baking powder and salt together. Add this slowly to the creamed mixture along with water. Work it into a ball. Chill.

4. Preheat oven to 350°.

5. Divide the dough into four pieces. Sprinkle tabletop or breadboard with flour. Roll out each piece one at a time to about ¹/₁₆ to ⅛ inch thick. Now, you may use cookie cutters and go on to Step 8. Or, to make butterflies, continue with Step 6.

6. Slice dough across and up and down to get squares 1 ½ x 1 ½ inches.

7. Make a tiny slit at each corner of each square. Pinch together each section of dough. You will have four sections.

8. Roll the top of each cookie in cinnamon sugar mixture.

9. Place on cookie sheets. Bake at 350° for 12 to 14 minutes or until golden brown.

10. While the cookies are still hot, dip them again in cinnamon sugar. *Be careful not to burn yourself.* Eat the cookies only after they have cooled.

Usted puede aprender a hacer bizcochitos también. Tal vez tiene a alguien como la abuela de Cristina que le enseñe cómo.

Bizcochitos de Benito

1 taza de manteca	3 tazas de harina
½ taza de azúcar	1 ¼ cucharadas de polvo de hornear
1 ½ cucharaditas de semilla de anís	½ cucharadita de sal
1 huevo batido	½ taza de agua
1 cucharada de miel de abejas	
1 ½ cucharaditas de canela mezclada con ⅜ de taza de azúcar	

1. En un recipiente grande bata la manteca hasta que quede cremosa. Mezcle azúcar y semillas de anís.

2. Revuelva el huevo batido y la miel de abejas.

3. En otro recipiente, cierna harina, polvo de hornear y sal. Agregue poco a poco a la mezcla cremosa, al tiempo con el agua. Amásela hasta convertirla en una bola. Enfríela.

4. Encienda el horno a 350°.

5. Divida la masa en cuatro partes. Rocíe la masa o la tabla con harina. Amase cada pedazo por separado para un espesor de $\frac{1}{16}$ a $\frac{1}{8}$ de pulgada. Ahora puede usar un molde para galletas y continúe con el paso 8, o para hacer mariposas siga con el paso 6.

6. Taje la masa a lo ancho y vaya de arriba hacia abajo para hacer cuadrados de 1 ½ x 1 ½ de pulgadas.

7. Haga una pequeña ranura en cada esquina del cuadrado. Una cada porción de la masa. Debe tener cuatro porciones.

8. Cubra la parte de encima de cada galleta con la mezcla de azúcar y canela.

9. Póngalas en la lata de hornear. Hornéelas a 350° entre 15 y 20 minutos o hasta que estén doradas.

10. Cuando las galletas estén calientes, mójelas otra vez en la mezcla de azúcar y canela. *Tenga cuidado de no quemarse.* Cómase las galletas sólo cuando se hayan enfriado.

Ana Baca lives in New Mexico. She holds degrees in English literature from Stanford University and the University of New Mexico. Years ago, Ana's grandmother taught her how to make the traditional Christmas cookie called the bizcochito. Ana still loves to bake them to share with family and friends, and she hopes the tradition will live on as part of the Christmas season. *Benito's Bizcochitos* is her first children's picture book.

Ana Baca vive en Nuevo México. Es egresada de Stanford University y de University of New Mexico con el título de Licenciada en Literatura en inglés. Hace varios años, la abuela de Ana le enseñó a hacer las tradicionales galletas de Navidad llamadas bizcochitos. A Ana todavía le gusta hornearlos para compartirlos con su familia y amigos, y desea que la tradición continúe como un recuerdo de la época navideña. *Los Bizcochitos de Benito* es su primer libro para niños.

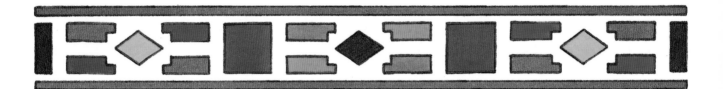

Anthony Accardo was born in New York. He spent his childhood in southern Italy and studied art there. He holds a degree in Art and Advertising Design from New York City Technical College and has been a member of the Society of Illustrators since 1987. Anthony has illustrated more than fifty children's books; he is perhaps best known for his work on the Nancy Drew Notebooks series. His paintings have been exhibited in both the United States and Europe. When not traveling, Anthony Accardo lives in Brooklyn.

Anthony Accardo nació en Nueva York. Pasó su niñez en el sur de Italia y allí estudió arte. Obtuvo su Licenciatura en Art and Advertising Design en el New York City Technical College y fue miembro de la Society of Illustrators desde 1987. Anthony ha ilustrado más de cincuenta libros infantiles; él es muy conocido por su trabajo en la serie de Nancy Drew Notebooks. Sus pinturas han sido exhibidas en Estados Unidos y Europa. Cuando no está trabajando, Anthony Accardo vive en Brooklyn.